립 앤 로우

정원사
프릭네이틀

훽이! 여기는 그냥 읽지 말고 넘겨.
학교 선생님들한테나 필요한 부분이니까.

Rip en Rouw. Juffrouw Spinnewiel by Rik Peters & Federico Van Lunter
First published in Belgium and the Netherlands in 2022 by Clavis
Uitgeverij, Hasselt-Amsterdam-New York
Text and illustrations copyright © 2022 Clavis Uitgeverij, Hasselt-
Amsterdam-New York
All rights reserved.
Korean translation copyright © Badugi House 2024
Korean translation rights are arranged with Clavis Uitgeverij through
AMO Agency.

완전
지루함

엄청
재미있음

림 앤 로우

정원사
프릭네이틀

릭 페터르스 글·페데리코 판 룬터 그림
정신재 옮김

립

<u>로우의 누나</u>

💗 왼손잡이

💗 태어난 곳 : 헬러포르스트

💗 이름 : 리펀하우어

　　　페튜니아 도미니카투스 1세

💗 좋아하는 책 : 호텔 하버크랫츠

💗 취미 : 있음!

💗 좋아하는 식물 : 로즈메리

로우

립의 동생

🟡 오른발잡이

🟡 사는 곳 : 헬러포르스트

🟡 이름 : 음 ··· 그냥 로우

🟡 좋아하는 식물 : 립 누나가 적은 거

🟡 애완동물 : 없음!

🟡 좋아하는 음식 : ~~감자튀김~~ ~~피자~~!

초코잼을 바른 샌드위치

"너희들 대체 내 정원에서 뭐 하는 거야!"

풀숲 어딘가에서 목소리가 들려왔어요.
차분하면서 느릿하고
느릿하면서도 차분한 그런 목소리였지요.
그 소리에 나뭇잎이 마구 흔들렸어요.
곧이어 덤불 가운데가 양쪽으로 갈라졌어요
나뭇가지는 옆으로 꺾이고,
잎사귀가 구부러졌지요.
바로 그 순간, 덤불 속에서 누군가 나타났어요.

"내 이름은 피터르
프릭네이틀 1.5세다!"

목소리의 주인공이 말했어요.
"너희는 나를 그냥
정원사 프릭네이틀이라고 부르면 된다."

립은 **로우**를 바라봤어요.
로우는 **립**을 바라봤지요.
그런 다음 둘은 동시에 정원사 프릭네이틀을 바라보았어요.

"여기는 **슬픔의 정원**이다!"
정원사 프릭네이틀이 말했어요.
"헬러포르스트에서 가장 아름다운 정원이지.
음, 사실은 헬러포르스트에 있는 단 하나뿐인 정원이야.
그러니까 당연히 헬러포르스트에서 가장 아름다운 정원인 거지."

정원사 프릭네이틀은 이를 한껏 드러내며 웃었어요.
눈썹이 부드럽게 위아래로 움씰거렸어요.

"난 이 정원의 모든 걸 알고 있어."
정원사 프릭네이틀이 말을 이었어요.
"여기 식물들은 다 내가 찾아낸 거야.
여기 있는 모든 꽃의 향기를 다 맡아 봤고,
새 둥지가 어디 있는지도 다 알아.
여기 묻힌 사람들의 뼈도
다 파낼 수 있어.
근데 너희들은 처음 보는 얼
굴 같은데…."

"맞아요."
립이 재빨리
대답했어요.
"저는 **립**이에요.
애는 **로우**라고 해요. 제 동생이에요.
저희가 이곳에 있는 건…."

"잠깐 멈춰!"

정원사 프릭네이틀이 소리를 질렀어요.
"안 들어도 알겠다.
너희들은 길을 잃은 거지.
여기서는 자주 있는 일이야.
뭐 당연히 그럴 수밖에 없지.
슬픔의 정원은 계속 계속 계속 바뀌거든.
비틀렸다가, 또 마구 흔들렸다가, 점점 자라고 날마다 변하지.
식물이랑 똑같아.
그래서 사람들은 종종 이곳에서 길을 잃어.
특히 아이들은 더 자주 길을 잃지."

립과 **로우**는 어깨를 들썩였어요.
립은 왼쪽 어깨를,
로우는 오른쪽 어깨를 들썩였죠.

"너희들을 여기서 만나다니 예사롭지 않구나."
정원사 프릭네이틀이 말했어요.
"사람들은 대부분 여기 **슬픔의 정원**에 오자마자
걸음아 날 살려라 하고 도망가거든.
소리를 엄청 크게 지르면서 울면서 뛰쳐나가지.
정원 이름이 '**슬픔의 정원**'이라 그런 걸까?
아니면, 바닥에 나뒹구는 이 **뼈다귀**랑 해골들 때문일까?
뭐 그럴지도 모르지.
그런데 너희들은 웬일로 도망을 안 가고
여기 남아 있네."

정원사 프릭네이틀은 두 손을 비볐어요.
아니다.
손에 낀 장갑을 서로 비볐지요.
크고, 튼튼하고, 단단한 작업용 장갑이었어요.
"슬픔의 정원에 온 걸 환영한다."
정원사 프릭네이틀이 말했어요.
"자, 이제 정원을 둘러볼까!"

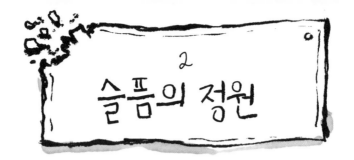

2
슬픔의 정원

"여기가 바로 **슬픔의 정원**이란다."
정원사 프릭네이틀이 거듭 말했어요.

프릭네이틀은 정원을 한 번에 다
가리키고 싶은 듯 두 팔을 마구 휘둘렀어요.

"너희들은 여기서
아주 아름다운 식물들과
예쁜 꽃들,
효과 좋은 약초들,
키가 엄청 큰 나무들뿐만 아니라
여기에 사는 온갖 것들을 만날 수 있단다.
마찬가지로 여기에 사는 온갖 것들도
너희들을 만나게 되겠지?"

립은 **로우**를 바라보았어요.
로우도 **립**을 바라보았죠.
이내 둘은 정원 안쪽에 있는 표지판들을 바라보았어요.

표지판

슬픔의 정원의 원래 이름은 **슬픔의 정원**이 아니었어요.

당연히 그럴 리가 없지요.

거기, 여보세요!

무슨 생각을 하고 계시죠?

아니라고요.

슬픔의 정원의 원래 이름은 이거였어요.

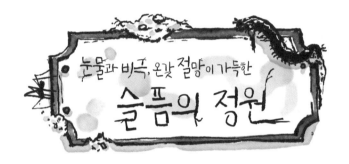

하지만, 간판이 작아 이 많은 글자를 다 넣을 수 없었어요.

그래서 이름을 바꾼 거예요.

슬픔의 정원으로요.

여길 슬픔의 정원이라고 한 이유가

꽤 그럴싸하죠?

"**슬픔의 정원**은 꽤 특별하단다."

정원사 프릭네이틀이 말했어요.

"**슬픔의 정원**은 자연에 있는 모든 걸 사랑하거든.

식물, 꽃, 덤불, 숲, 나무, 나무줄기들, 과일 그리고 잡초까지

모두 여기에서 자라고 꽃을 피우고 가지를 뻗는단다."

정원사 프릭네이틀은 껄껄거리며 웃었어요.
눈썹이 부드럽게 씰룩거렸지요.

"여기에는 어디든 뿌리내릴 곳이 있단다."
프릭네이틀은 계속했어요.
눈썹을 계속 씰룩거린 게 아니라 말을 계속했어요.
"잔디밭이나 진흙 길, 화분, 둥지, 구멍이나 성채,
헛간, 정원 창고, 그도 아니면 무덤에도 한 자리 정도는 있지."

정원사 프릭네이틀은 가만히 립과 로우를 바라보았어요.
뭔가 생각에 잠긴 듯했죠.

"아마 너희도 여기에 머무를 수 있을 거야."
그러더니 이렇게 말했어요.

"너희에게 여기에서 가장 좋은 자리를
보여 주마."

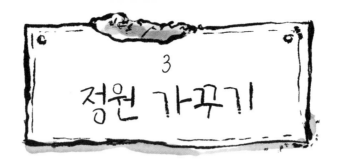

3
정원 가꾸기

"슬픔의 정원은 내 거야."

정원사 프릭네이틀이 말했어요.

"여기가 내 일터이자
내 집이지.
어디든 내 손이 안 닿은 데가 없어."

정원사 프릭네이틀이
~~손을~~ 장갑을 들어
자기 수염에 가져다 댔어요.
수염은 무척 꺼칠꺼칠했어요.
딱딱하고 나뭇가지 같은,
나뭇가지 같고 딱딱한 그런 수염이었어요.
마치 가시덤불 같다고나 할까요.
하지만 다른 점이 있었어요.
털이 거의 없었어요.

"이 정원은 내가 돌본다."
정원사 프릭네이틀이 계속 말을 이어 갔어요.

정원사 프릭네이틀은 정원을 정성껏 돌봤어요.
마치 아이를 사랑하는 아빠처럼,
아빠를 사랑하는 엄마처럼 말이에요.
아니면 그냥

정원을 돌보는
정원사처럼요.

비료 젖병 →

← 아기꽃

"정원을 가꾸는 건 힘든 일이야."
정원사 프릭네이틀이 말했어요.
그러고는 숨을 깊게 들이쉬더니,
잠시 멈추었어요.
그러더니 좀 더 깊은 숨을
내쉬면서 내지르듯 말했어요.

"나는…"

손수 작물도
수확해야 하고

새의 시체로
가득 찬 허수아비

길가 돌무더기들도
매번 쓸고 치워야 하고

자연에 관한 책도
읽어야 하고

잡초들도 뽑아야 하고

정원사 프릭네이틀이 말을 멈추더니, 숨을 헐떡였어요.
두 눈썹은 위아래로 움씰거렸지요.
숨이 무척 가빠 보였어요.
물론 진짜 그런 건 아니었어요.

"나는 이 일이 정말 좋아."
정원사 프릭네이틀이 다시 말을 꺼냈어요.
"난 **슬픔의 정원**을 사랑하고 또 자연을 사랑해.
식물은 아름답고 달콤하고 즐겁고 좋아.
식물은 서로 괴롭히지 않아. 식물은 서로 비웃지도 않지.
식물은 서로 놀리는 법이 없어.
사람과는 아주 다르지."

립과 **로우**가 입꼬리를 올렸어요.
립은 왼쪽으로 삐죽,
로우는 오른쪽으로 삐죽 올렸지요.

"물론 식물들이 늘 사랑스러운 건 아니야."
정원사 프릭네이틀이 이어서 말했어요.
"가끔 식물 뿌리에 걸려 넘어지기도 하고,
가시에 다리를 찔리기도 하지.
고약한 냄새가 바람을 타고
한 시간 반이나 풍기기도 하고,
또 어떤 꽃은 너무 독해서
잘못하면 사람이 죽기도 한단다.

20

그렇다고 식물 그 자체가 나쁜 건 아니야.
식물은 그냥 식물일 뿐이지.
당연하지 않아?"

정원사 프릭네이틀은 장갑을 벗었어요.
크고, 튼튼하고, 단단한 그 작업용 장갑을 말이에요.
그런데 장갑 속에 또 다른 장갑이 있었어요.
속에 낀 장갑도 크고, 튼튼하고, 단단한 장갑이었지요.

정원사 프릭네이틀은 **립**과 **로우**를 바라보았어요.
"너희들,
여기 **슬픔의 정원**에 있는
식물들을 만날 준비는
다 되었겠지?"

4
여기 타!

정원사 프릭네이틀은 몸을 돌려
뒤쪽에 있는 덤불 속으로 사라졌어요.
덤불 가지들은 마치 길을 내어 주듯
저절로 양옆으로 움직였지요.

얼마 지나지 않아, 정원사 프릭네이틀이
다시 모습을 드러냈어요.
아니, 이게 대체 뭔가요?
정원사 프릭네이틀은 손수레와 함께 나타났어요!

프릭네이틀은 수염에 들러붙은 잔가지들을 털어 내며
덤불 밖으로 손수레를 밀고 나왔어요.
그러고는 **립**과 **로우**를 바라보았지요.
"여기 타렴."
프릭네이틀이 말했어요.

립은 **로우**를 바라보았어요.
로우는 **립**을 바라보았지요.
둘은 정원사 프릭네이틀을 보았어요.
손수레도 바라보았죠.

"내가 밀어 줄 거야."

정원사 프릭네이틀이 말했어요.

"여기 **슬픔의 정원** 방문객들은 최고의 대우를 받을 자격이 있지.

두 발로 걷는 수고는 안 해도 된단다.

그리고 또, 너희가 혹시라도

식물을 **밟아 죽이는 건** 용납할 수 없거든.

그러니 여기 타!"

립과 **로우**는 엄지를 척 세웠어요.
립은 왼손 엄지를
로우는 오른손 엄지를 세웠지요.
둘은 함께 손수레에 탔어요.

정원사 프릭네이틀은
새 작업용 장갑 한 켤레를 꺼냈어요.
크고, 미끄럼방지 기능이 있는 튼튼한 작업용 장갑이었지요.
그런데 장갑 낀 손 위에
새 작업용 장갑을 또 끼는 거예요.
크고, 튼튼하고, 단단한
작업용 장갑을 낀 그 손에다 말이죠.

"꽉 잡아라."

정원사 프릭네이틀이 말했어요.
"어찌 될지 모르지만
여하튼 꽉 잡아."

허브 정원

잡초 정원

정원사 프릭네이틀은 손수레를 밀며 앞으로 나아갔어요.
한 발, 두 발,
한 걸음, 두 걸음,
길을 따라가며
덤불을 지나고,
수풀을 헤치며
나무 아래로,
또 가시나무 사이를 뚫고
독이 있는 식물 옆을 지나갔어요.

꽃과 풀, 농작물과 덤불을 만날 때마다
정원사 프릭네이틀은 손수레를 잠시 멈추었어요.
그러고는 장갑 낀 손으로 하나하나 가리키며
설명해 주었어요.

구부러지고, 뒤틀리고, 곱실거리는 온갖 종류의 둥근 풀을
지나고 나서야 정원사 프릭네이틀은 걸음을 멈추었어요.

"바로 여기야!"

프릭네이틀이 말했어요.
"슬픔의 정원에서 가장 아름다운 곳 중 하나지."

립과 **로우**는 손수레 너머로
표지판 하나가 서 있는 걸 보았어요.

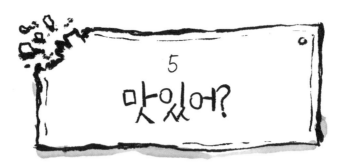

5
맛있어?

"바로 고기를 먹는 식물이야!"

정원사 프릭네이틀이 날카로운 목소리로 말했어요.
"정원사들은 이런 식물을 좋아해."

정원사 프릭네이틀이 이를 드러내며 웃었어요.
하지만 눈썹은,
살짝 움츠러드는 듯했지요.

"식물은 스스로 영양분을 만들어 낼 수 있단다."
정원사 프릭네이틀이 말했어요.
"뿌리로는 물을 빨아들이고,
잎으로는 빛과 공기를 빨아들이고,
이걸 잎에서 영양분으로 바꾸지.
어떻게 이럴 수 있는지 제대로 아는 사람은 없어.
어쨌든 굉장히 흥미로운 건 분명해."

립과 **로우**는 고개를 끄덕였어요.
꽤 멋진 말처럼 들렸거든요.
사람은 공기를 음식으로 바꿀 수는 없잖아요.
음식을 공기로 바꿀 수는 있어도요.
공기가 방귀를 말하는 건 알고 있죠?

"하지만 어떤 식물들은 이걸로는 부족해."
정원사 프릭네이틀이 말했어요.
"얘들은 물과 공기만 먹어서는 배가 차지 않거든.
그래서 작은 벌레들을 잡아먹는 거지.
거미도 잡아먹고, 파리도 잡아먹고,
모기나 애벌레, 그리고 또 다른 거미들도….
이파리에 올라오는 벌레들을 잡아먹는 거야.
잎으로 꽉 잡아서 옴짝달싹 못 하게 한 다음,
맛있게 즐기는 거지."

정원사 프릭네이틀은 말을 많이 한 탓에 숨을 헐떡였어요.
눈썹은 또 한 번 위아래로 움씰거렸죠.
어딘가 숨고 싶은 듯 부끄러워하는 것 같았어요.

그동안 수많은 정원사들이
고기를 먹는 식물에 관해 연구를 했단다.

정원사 테라리아도 그중 한 사람이야.

테라리아는 완전히 새로운 종을 만들고 싶어 했어.
엄청나게 큰 식충식물을 생각해 냈지.
너무 커다란 나머지 조그마한 곤충으로는 배가 안 차는
그런 식물 말이야.
거미나 파리, 모기나 애벌레 같은 건 더 이상 먹지 않아도 돼.
새로운 식물은 완전히 다른 걸 먹으니까.
들쥐나 집쥐, 개나 고양이,
소, 돼지 그리고….

"아이들을 잡아먹지!"

정원사 불더보스도 있어.

불더보스는 정원사 테라리아와는 완전히 다른 걸 연구했지.
식충식물인데,
더 이상 고기를 먹지 않는 식물을 키워 냈어.
그렇게 채식주의 식충식물이 태어난 거야!

채소 버거의
채소

채식주의
식충식물

두부
튤립

채식주의
식충식물의
주식

콩 딸기

"하지만 나는 좀 별로야."
정원사 프릭네이틀이 말했어요.
"나는 실험이 싫어.
실험이고 연구고 검사고 전부 별로야.
난 식물을 바꾸고 싶지 않아.
난 식물을 가꿀 수만 있으면 그걸로 충분해.
식물들은 다 있는 그대로 완벽하니까 말이야.
식물들은 모두 아름답고 달콤하고 즐겁고 좋아.

나한텐 어떤 식물인지 중요하지 않아.
식충식물이든 채식식물이든.
덩치가 크든 작든 아담하든.
스스로 영양분을 만들어 내든, 어린아이를 잡아먹든 아무 상관없어.

정원사 프릭네이틀은 주변을 둘러보았어요.
그러고는 작은 모래흙 무더기에다
손수레를 기울였어요.

립과 **로우**는 굴러떨어지듯 수레 밖으로 나왔어요.
덕분에 머리가 먼저 떨어지고 말았지요.
풀 한 포기 나지 않은 모랫바닥이었기에
둘은 그대로 맨바닥에 부딪히고 말았어요.

"**슬픔의 정원** 모든 식물들은 너희를 환영한단다."
정원사 프릭네이틀이 다시 한번 말했어요.
"이곳에선 누구든 있는 그대로 받아들인단다.
자연스러운 모습 그대로 말이야."

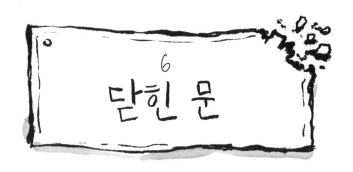

6
닫힌 문

"너희들한테 보여 줄 게 있다!"
정원사 프릭네이틀이 말했어요.
그러고는 공원 한 귀퉁이를 가리켰어요.
그곳은 수풀과 덤불로 가득했지요.

립과 **로우**는 프릭네이틀의 집게손가락을 따라 눈길을 옮겼어요.
두 사람 눈에 들어온 건 수풀이었어요.
거기 수풀 속 나뭇가지 사이로,
더 많은 나뭇가지와 그보다 더 많은 잔가지가 보였어요.

큰 나무줄기와 쐐기풀, 그리고 잔가지와 덩굴들.
온갖 나뭇가지와 잔가지들이 잔뜩 있었지요.

그 사이로 작은 집이 하나 보였어요.
헛간이라고 해야 할지, 막사라고 해야 할지,
어찌 보면 움막 같기도 한 그런 허름한 집이었어요.
온갖 나무줄기와 잔가지들, 두꺼운 나뭇가지, 쐐기풀과 덩굴들이
웃자라 그 작은 집을 완전히 뒤덮고 있었지요.

"여기야."
정원사 프릭네이틀이 말했어요.
그러고는 다시 작은 집을 가리켰어요.
"이곳이 **슬픔의 정원** 창고야."

정원사 프릭네이틀은 작업용 장갑을 벗었어요.
크고, 미끄럼방지 기능이 있는 튼튼한 작업용 장갑 말이에요.
장갑을 벗었지만 그는 여전히 또 다른 장갑을 끼고 있었어요.
크고, 튼튼하고, 단단한 작업용 장갑이었죠.

정원사 프릭네이틀은
비틀거리듯 정원 창고로 향했어요.
더듬거리며 문고리를 찾았죠.
아, 맙소사.
왜 없을까.
매우 당황스러운 일이었어요.
문에 문고리가 없다니요.

~~문고리도,~~
~~사슬도,~~
~~비밀번호도,~~
~~자물쇠도 없었어요.~~

문에는 온갖 뿌리 덩굴들이 뒤엉겨 있었어요.
문은 단단히 꼬인 뿌리에
완전히 꽉 잡혀 있었어요.
너무나도 꽉 잡혀서,
꼭 닫혀 있었던 거예요.

정원사 프릭네이틀은 장갑을 낀 손으로
문에서 구불거리는 끈 하나를 잡아당겼어요.
살짝 끼익하는 소리가 났어요.
그제야 뿌리 덩굴들이 느릿하게 옆으로 움직였어요.

매듭이 풀리고,
엉겨 있던 것들이 사라지자,
문이 천천히 흔들거렸어요.

립은 **로우**를 바라보았어요.
로우도 **립**을 바라보았어요.
둘은 다시 창고 문을 바라보았어요.

정원사 프릭네이틀은 크게 힘들이지 않고
덩굴들을 치워 나갔어요.
마치 덩굴들이 알아서 비켜 준 것 같았어요.
하지만 그건 불가능하죠.
당연하게도요.

정원사 프릭네이틀은 다시 몸을 돌려
립과 **로우**를 바라보았어요.
그러고는 수염을 매만졌어요.
수염은 마치 쐐기풀처럼 까슬거렸지요.

"여기가 나의 정원 창고야."
정원사 프릭네이틀이 말했어요.
부드럽고도 달콤한,
달콤하면서 부드러운 목소리였죠.
"작고 아늑한
나만의 정원 창고란다."

립과 **로우**는 어깨를 으쓱였어요.
립은 왼쪽 어깨를,
로우는 오른쪽 어깨를요.

"**슬픔의 정원**에는 모든 이들을 위한 자리가 있지."
정원사 프릭네이틀이 말했어요.

"그리고 여기는 나만의 장소야."

프릭네이틀 뒤쪽에 있는 문이 조용히 열렸어요.

"같이 들어가 볼까?"

정원 창고

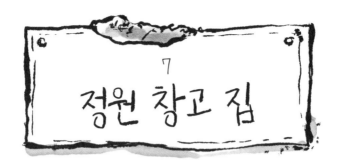

7
정원 창고 집

"환영한다!"
정원사 프릭네이틀이 말했어요.
"여기가 나의 정원 창고야.
아니, 제대로 말하면 정원 창고에 꾸민 집이지."

립과 **로우**는 창고로 들어갔어요.
한 발, 한 발,
한 걸음, 한 걸음,
두 사람이 집 안으로 들어가자,
뒤에서 문이 쾅 하고 닫혔어요.

"여기가 내가 사는 곳이야."
정원사 프릭네이틀이 말했어요.
"다른 사람들한테는 정원 창고가 단지
잡동사니를 모아 두는 곳일 뿐이지.
이런저런 것들을 보관하는 곳 말이야.
말하자면, 헛간 같은 거랄까?
하지만 나한테 정원 창고는 집이야.

정원 창고에 꾸민 집이지."

립과 로우는 주위를 찬찬히 둘러보았어요.
정원사 프릭네이틀의 집인 정원 창고를요.

정원 창고는 어디나 비슷해요.
정원 안에 지은 작은 집이죠.
거기에는 온갖 도구들이 있어요.

자전거나 장난감, 오래된 종이 뭉치들,
나무 블록이나 널빤지, 나무 막대기들.

또 거미줄과 새 둥지와 관 같은
잡동사니들을 모아 놓기도 해요.

정원사 프릭네이틀의 정원 창고도
크게 다르지 않았어요.
정원 안에 있는 작은 집이었죠.
거기에는 온갖 도구들이 있어요.

자전거나 장난감, 오래된 종이 뭉치들,
나무 블록이나 널빤지, 나무 막대기들,거미줄과 새 둥지와 관 같은
온갖 물건이 있어요.

하지만,
하지만, 이 정원 창고에 꾸민 집은
보통의 정원 창고와는 달랐어요.

여기 정원의 창고 집은
안이 바깥보다
훨씬 더 크거든요.

바깥에서 보는 정원 창고는 그냥 헛간 같아요.
기껏해야 갈퀴 몇 개나 화분 정도 들어 있을 법한,
작고 오래된 낡은 집일 뿐이었죠.

하지만 안에서 보는 정원 창고 집은
마치 큰 궁전 같았어요.
나무판자로 지은 궁전 말이에요.
갈퀴나 화분을 잔뜩 집어넣어도 충분할 만큼 넓었어요.
비록 오래되고 낡은 그런 집이지만,
엄청나게 큰, 오래되고 낡은 그런 집이에요.

정원 도구를 뺀
모든 것

"정원 창고에서 사는 건 무척 근사하단다."

정원사 프릭네이틀이 말했어요.

"난 화분 속에서 잠을 자고,
물뿌리개로 샤워하고,
칼과 쇠스랑으로 밥을 먹지.

갈퀴로 머리를 빗고,
가지치기하는 가위로 수염을 깎고,
바닥 쓰는 빗자루로 이를 닦아.

다른 사람들은 어떻게 생각할지 몰라도,
나에게는 가장 완벽한 나만의 방식이지.
내 식물들이 행복해야,
나도 행복하거든."

정원사 프릭네이틀은 수염을 매만졌어요.
수염은 마른 가시처럼 까끌거렸어요.
프릭네이틀은 눈썹을 위로 치켜올렸어요.

"다들 자기한테 맞는 장소가 있게 마련이야."
정원사 프릭네이틀이 이어서 말했어요.

"나무는 숲속에 있고,
식물은 정원 안에 있지.
시체는 관 속에 있고,
나한테는 정원에 있는 창고 집이 있지.
우리 집에 온 걸

환영한다."

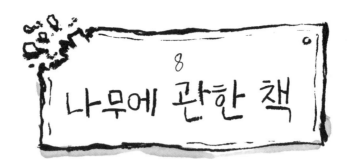

8
나무에 관한 책

정원사 프릭네이틀은 책장을 뒤적였어요.
책장에는 보통의 다른 책장들과 마찬가지로
책이 가득했어요.

다만 창고 집 크기에 비해 책장이 너무너무 컸어요.
그 책장은 창고 집 한쪽 벽을 차지하며
우두커니 서 있었어요.

책은 그렇게 한쪽 벽을 가득 채우고 있었지요.
왼쪽에서 오른쪽까지,
오른쪽에서 왼쪽까지,
바닥에서 천장까지,
천장에서 바닥까지,

책, 책,
책, 책.

물론 정원 가꾸는 도구들도 몇 개 있기는 했지요.

"이건 다 내 책이야."

정원사 프릭네이틀이 말했어요.
물론 굳이 말로 하지 않아도 알 수 있었지만요.

"대부분이 자연에 관한 책이야."
프릭네이틀이 말을 이었어요.
"식물, 꽃, 나무, 숲, 애벌레, 이뿐만 아니라
자연에 관한 온갖 것들을 다루고 있지.
난 날마다 책을 읽는단다.
그래야 책에서 얻은 정보로
정원을 더 잘 가꿀 수 있거든."

정원사 프릭네이틀은

말하고, 또 말하고, 또 또 말하고, 계속 말했어요.

"동물을 잡아먹는 식물을
식육식물이라고 부르지."

"튤립은 터키에서 유래했어!"

"장미는 무려 300여 종이
있어. 머리카락 속 바듬의
수까지 센 건 아닌데
말이지." (네덜란드어로 장미와
바듬은 같은 단어)

"정원은 아늑한 곳이야.
작고 근질근질한 동물들로 득실거리지.
개미, 벌레, 딱정벌레, 애벌레.
아! 심지어는 쥐도 있어!"

"식물은 달콤하고 아름답고 즐겁고
좋아. 아! 벌써 했던 말이던가?"

"식물은 산소를 만들지.
우리가 숨 쉬는 데 필요한 거야."

"그러고도 말하고, 또 말하고, 또 또 말하고, 계속 말했지요."

"자연에 관한 책은 아름다워."
정원사 프릭네이틀이 말했어요.
하지만 자연은 그 무엇보다도 아름답지.
당연한 말이지만."

정원사 프릭네이틀은
책장에 꽂힌 책 몇 권을 부드럽게
~~손으로~~ 장갑으로 매만졌어요.

책장은
창고 집에 비해 너무나도 컸어요.
그럼에도 정원 창고 집 안에서
그렇게 우두커니 서 있었지요.

"어쩌면 아닐 수도 있고."
정원사 프릭네이틀이 말했어요.
왜냐하면 책은 종이로 만드니까요.
종이는 나무로 만들고요.
나무는 숲에 살아요.
그러니까 사실,

프릭네이틀의 책은
숲이나 마찬가지예요!

립은 로우를 바라보았어요.

로우는 립을 바라보았지요.

두 사람은 정원사 프릭네이틀의 말이 사실인지 알 수 없었어요.

"말은 이제 그만하자!"

바로 그때, 정원사 프릭네이틀이 말했어요.

"수다는 이걸로 충분해."

정원사 프릭네이틀은 돌아서서 립과 로우를 바라보았어요.

"너희한테 소개해 줄 게 있어."

9
만남

"너희에게
내 친구를 소개해 주마."

정원사 프릭네이틀이 말했어요.

그러고는 정원 창고 집
한가운데 있는 탁자로 걸어갔어요.
탁자 위에는 무언가 커다란 게 놓여 있었어요. 커다란 무언가요.
커다란, 뭔지 모를 그런 거예요.
두껍고 까만 천으로 가려져 있었죠.

정원사 프릭네이틀은 작업용 장갑을 벗었어요.

크고, 튼튼하고, 단단한 작업용 장갑이죠.

그 속에는 또 다른 장갑이 있어요.

~~크고, 튼튼하고, 단단한 작업용 장갑은 아니었어요.~~

~~크고, 질기고, 단단한 작업용 장갑은 아니었어요.~~

~~크고, 견고하고, 단단한 작업용 장갑은 아니었어요.~~

그런 장갑이 아니라고요?

그럼, 이번에는 무엇일까요?

작업용 장갑 속에는 작고, 말랑거리고, 부드러운 장갑이 있었어요.

부드러운 천에 예쁜 꽃무늬가 있는

그런 장갑이었어요.

"나의 크나큰 자랑거리야."

정원사 프릭네이틀이 말했어요.
"내가 가장 아끼는 나만의 보물 1순위야."

정원사 프릭네이틀이 이를 드러내며 웃었어요.
수염이 갈라지면서 거기 꽂혀 있던
잔가지 몇 개가
바닥으로 떨어졌어요.
눈썹은 마치 머리끝까지
올라갈 것처럼
씰룩였지요.

정원사 프릭네이틀이 몸을 앞으로 구부리더니
두 손으로 두껍고 까만 천의
양쪽 귀퉁이를 하나씩 잡았어요.
작고, 말랑거리고, 부드러운 장갑을 낀
두 손의 엄지와 검지 사이에서
검정 천이 주름지며 움직였어요.

정원사 프릭네이틀은
그렇게 조금씩 천을 잡아당겨
치웠어요.
차분하고 조심스럽게.
조심스럽고 차분하게.

"내 친구 프리키야.
인사해!"

립은 **로우**를 바라보았어요.
로우는 **립**을 바라보았지요.
그리고 둘은, 프리키를 바라보았어요.

프리키는 작은 꽃이었어요.
작은 잎과 작은 가시가 달려 있었지요.
가는 줄기로 몸을 지탱하며 화분 속에 꼿꼿이 서 있었어요.
작은 화분은 커다란 유리 덮개에 덮여 있었고요.

"식물 이름으로 프리키는 좀 이상하긴 하지?."
정원사 프릭네이틀이 말했어요.
"나도 잘 알아.
보통 식물에겐 어려운 이름을 붙이거든.
서양주목이나
산부채나
쥐똥나무 같은 이름 말이지.
하지만 이 작은 꽃의 이름은 그냥 **프리키**."

정원사 프릭네이틀은 장갑 낀 손을
유리 덮개 위에 올렸어요.
마치 유리 덮개를 두드리기라도 할 것처럼 말이죠.

"식물들은 모두 달콤하지."
프릭네이틀이 말했어요.
"그렇지만,
이 식물은 나한테 아주 특별해."

정원사 프릭네이틀은 침을 꿀꺽 삼켰어요.
그러고는 **립**과 **로우**를 바라보았어요.

"프리키는 세상에서 가장 아름다운 식물이야."
프릭네이틀이 말했어요.
"가장 아름다운 식물이
바로 내 친구야!"

10
보호

"난 자연을 사랑해."

정원사 프릭네이틀이 말했어요.

식물은 아름답고 달콤하고 즐겁고 좋아.

식물은 서로 괴롭히지 않아. 식물은 서로 비웃지도 않아.

식물은 서로 놀리는 법이 없어.

식물은 그 누구도 바보로 만들지 않아.

누군가는 정원의 창고 집에 살고,

누군가는 눈썹이 우스꽝스럽고,

또 누군가는 여러 겹의 장갑이나 여러 벌의 옷을 입거든.

식물은, 사람과는 많이 달라.

립과 **로우**는 눈을 작게 떴어요.

립은 왼쪽 눈이,

로우는 오른쪽 눈을요.

"프리키는 언제나 내 곁에 있어 주지."
정원사 프릭네이틀이 말을 이었어요.
"작은 화분 안에
유리 덮개 안에
정원 창고 안에서 살지.
바로 이 **슬픔의 정원** 안에서 말이야.
그러니 내가 프리키를 보호할 수밖에!"

정원사 프릭네이틀은
유리 덮개를 치웠어요.
부드러우면서도 단호하게,
단호하면서도 부드럽게 말이죠.
그리고는 매우 조심스럽게
프리키를 들어 올렸어요.

얼마나 조심스러웠냐 하면,
- 마치 수술하는 의사처럼
- 달걀 던지기 묘기를 하는 광대처럼
- 케이크 위에 크림을 바르는 제빵사처럼,
- 증거를 숨기는 살인자처럼,
- 아니면, 자신의 친구를 들어 올리는 정원사처럼 조심스러웠지요.

갑자기 정원 창고 집이 삐걱대기 시작했어요.
나무 벽에서 나는 소리였을까요.
아니면 책장에 꽂힌 책이었을지도,
그도 아니면 정원사 프릭네이틀의
수염에서 나는 소리였을까요.
어쩌면 문 바깥에 달린 오래된 장식에서 나는 소리였을 수도 있지요.
하지만 그게 무엇이든지,

정원의 창고 집이 마치
바람 앞에 커다란 덤불처럼 흔들거렸어요.

정원사 프릭네이틀은 몸을 똑바로 펴고
프리키를 조금 더 높이 들어 올렸어요.
땀 한 방울이 이마 아래쪽에 맺혔어요.

눈썹은 마치
그 땀을 피하려는 듯 움씰거렸어요.

립은 **로우**를 바라보았어요.
로우도 **립**을 바라보았어요.
둘은 함께 정원사 프릭네이틀을 바라보았어요.
그러고는 프리키를 보았지요.
프리키도 살짝 뒤를 돌아본 것 같았어요.
하지만 누구도 정확히 알 수는 없죠.

정원사 프릭네이틀은 프리키를
머리 위로 높이 높이 들어 올렸어요.
화분을 머리 위에서 꽉 쥐고 있었죠.

정원사 프릭네이틀은 깊은숨을 쉬며
잠시 멈추었어요.
그러고는 한 번 더 깊은숨을 쉬더니
다시 멈추었지요.
그러고는 마지막으로 더 더 깊은숨을 쉬더니
마침내 내지르듯 말했어요.

"난 프리키를 보호해야 해!

태양으로부터, 그리고 비로부터,
빛으로부터, 그리고 어둠으로부터,
커다란 동물들로부터, 그리고 작은 동물들로부터.
더위로부터, 그리고 추위로부터,
갈증으로부터, 그리고 너무 많은 물로부터,
배고픔으로부터, 그리고 너무 많은 영양분으로부터,
소음으로부터, 그리고 침묵으로부터,
지루함으로부터, 그리고 어수선함으로부터,
하지만 무엇보다도,

슬픔의 정원의
방문객들로부터!"

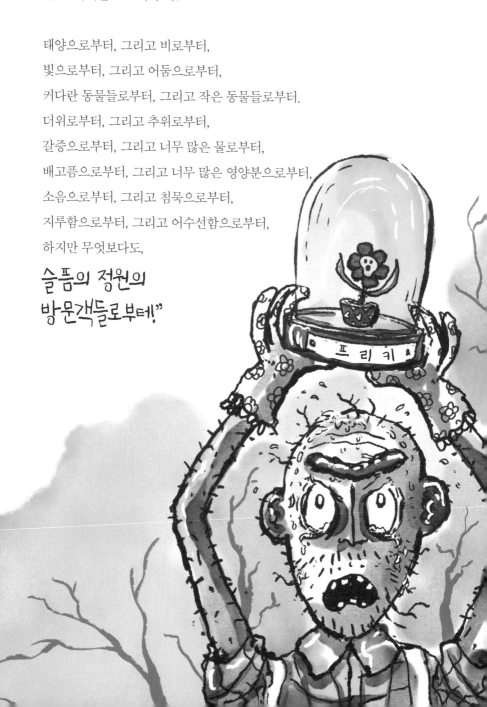

11
산산조각

정원사 프릭네이틀이 날카롭게 외쳤어요.

"슬픔의 정원은
위험한 곳이야!"

프릭네이틀이 소리를 지르며 말을 이었어요.
"왜냐하면 **슬픔의 정원**은 계속해서 바뀌고 있거든.
비틀렸다가, 마구 뒤흔들렸다가, 점점 자라고 움직이지.
때로는, 그래서 사람들이 길을 잃어.
그러다 때로는, 아이들이

길을 헤매다가
식물들을 모두 죽인다고!"

정원사 프릭네이틀이 갑자기 웃기 시작했어요.
아니, 어쩌면 우는 것 같았어요.
언뜻 보면 둘이 비슷해 보이니까요.
프릭네이틀은 발끝으로 서서
프리키를
좀 더 높이 들어 올렸어요.

"난 정말 그게 싫어!"

프릭네이틀이 소리를 질렀어요.

"그래서 내가 **슬픔의 정원**에 오는 방문객들을 쫓아내는 거야.
바닥에 해골이나 뼛조각을 놓고,
잘못된 표지판을 세워 놓기도 했지.
사실 꽤 효과가 있어.
슬픔의 정원에 온
방문객들 대부분은
이걸 보고는 '걸음아, 날 살려라!' 하고
밖으로 달아나가거든.
소리 지르고, 고함도 지르고,
또 소리 지르고,
때로는 울면서 도망가지.
하지만 너희들,
너희들은 도망가지 않았구나.

너희들은 끝까지 남았어…"

정원사 프릭네이틀은
립과 **로우**를 바라보며 숨을 헐떡였어요.
바로 그 순간,

프릭네이틀의 두 손에서
유리 덮개가 미끄러지듯 떨어졌어요.

아니요.
손 말고 장갑에서요.
작고, 말랑거리고,
부드러운 장갑에서
유리 덮개가 바닥으로
떨어져 버렸어요.

쨍그랑하는 소리와 함께
유리 덮개는 천 개의 조각으로 깨졌어요.
아니 구백구십구 조각일지도요.
그럴 수도 있잖아요.
하지만 어느 쪽이든 간에,

유리 덮개는
산산조각이 났어요.

프리키의 모습은 애처로웠어요.
유리 덮개에 덮인
화분 안이 아니라
바닥에 내동댕이쳐져 있었지요.

정원사 프릭네이틀은 무릎을 꿇었어요.
소리를 지르고, 고함을 지르고, 괴성을 지르며 울었어요.
믿을 수 없다는 듯 두 손을 바라보더니.
장갑을 벗어
정원 창고 집 저편으로 던져 버렸어요.

눈썹은 축 처져서
코까지 내려왔다가,
다시 위로 올라갔어요.
눈썹은 한동안 그렇게 마구 움직였어요.
마치 꿈틀거리는 애벌레처럼요.
그때, 작은 애벌레 한 마리가 프리키 쪽으로 기어 왔어요.

마치 프리키를 안아 주려는 듯이요.

"내가 프리키를 떨어뜨리다니!"

정원사 프릭네이틀은 엉엉 울었어요.
나의 가장 아름다운 친구를
내가 당연히 보호해 줘야 하는 프리키를 내 손으로 떨어뜨리다니….
이제 난 무얼 해야 하지?"

립과 **로우**는 검지를 추켜올렸어요.
립은 왼쪽 검지를,
로우는 오른쪽 검지를 추켜올렸어요.
그러고는 둘이서 입을 모아 대답했어요.

"다시 심고 가꾸는 건 어때요?"

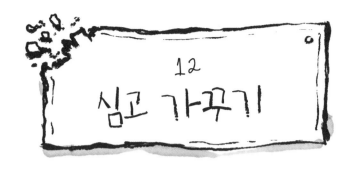

12
심고 가꾸기

"심고 가꾼다고?"

정원사 프릭네이틀이 소리를 질렀어요.

그러고는 장갑을
손을 문질렀어요.
마치 생각에 잠긴 듯했죠.

"너희가 옳아."

정원사 프릭네이틀이 말했어요.
"물론 너희가 옳고말고.

왜냐하면 식물은
심고 가꿔야 하니까!"

립과 **로우**는 고개를 끄덕이며 웃었어요.

"**슬픔의 정원**에는 모두를 위한 자리가 있어."
정원사 프릭네이틀이 말했어요.
"내 자리는 정원 창고이지만.
그곳이 프리키를 위한 자리는 아니었지.
사실 프리키를 위한 자리는 정원이거든.
식물은 마땅히 정원에 있어야 하지.
정원 창고도, 유리 덮개도, 화분도 아니야.
무엇보다 정원 창고 속 유리 덮개 속 화분은 절대 아니지.
그건 정말, 안 되는 거였어."

정원사 프릭네이틀을 주변을 둘러보며
장갑을 찾았어요.
하지만 어디에서도 찾을 수 없었지요.
프릭네이틀은 프리키를
그냥 두 손으로 들어 올렸죠.
크고, 부드럽고, 따뜻한
두 손으로요.

모두들 정원의 창고 집 밖으로 걸어 나왔어요.

립과 **로우**,

정원사 프릭네이틀과 프리키도요.

모두들 **슬픔의 정원**을 바라보았어요.

정원 모습이 창고 집에 들어갈 때와는

완전히 다른 모습이에요.

고기 먹는 식물은 이제 온데간데 없어요.

그 자리에는 데이지와 마가렛,

해바라기와 수선화, 제비꽃과 튤립,

카네이션과 장미로 가득해요.

아, 그리고 선인장도요.

크고, 가시가 마구 자라 무시무시한 선인장이요.

전혀 이상할 게 없어요..

왜냐하면 슬픔의 정원은 계속해서 바뀌고 있으니까요.

비틀렸다가, 마구 뒤흔들렸다가

점점 자라고 움직이지요.

때로는 새로운 식물도 자라고요.

프리키처럼요.

립과 **로우**는 구멍을 팠어요.
정원사 프릭네이틀은 프리키를 거기에 심었어요.

"더 이상 실험은 없어."
정원사 프릭네이틀이 말했어요.
"실험이고 연구고 검사고 이제 없어.
이제부터는 있는 그대로 키울 거야.
식물은 있는 그대로 자연스러운 게 좋아."

바로 그때, 애벌레 한 마리가 프릭네이틀한테로 기어갔어요.
정원 창고 집에서 기어 나와
새로 피어난 꽃을 지나
정원사 프릭네이틀의
다리와 배, 목을 기어올라
이마까지 올라갔어요.
마치 자기가 자리를 찾은 것처럼요.

프리크네텔루스
아마말루스

"나는 창고 집으로 다시 들어가야겠다."
정원사 프릭네이틀이 말했어요.
"밖에 내놔야 할 식물들이 더 있어."

정원사 프릭네이틀은 이를 드러내 웃으며
립과 **로우**에게 눈을 찡긋했어요.
립과 **로우**도 눈을 찡긋했지요.
립은 왼쪽 눈을,
로우는 오른쪽 눈을요.

정원사 프릭네이틀은 몸을 돌려
정원 창고 집으로 돌아가자마자
창고 집 문이 잠겼어요.
나뭇가지와 잔가지, 막대기와 쐐기풀, 온갖 덩굴들이
꿈틀거리며 창고 집을 덮기 시작했어요.

립과 로우는 계속해서 정원을 따라 걸었어요.
길을 따라 수풀을 따라 풀숲을 지나 나무 밑으로,
가시들 사이로, 독이 있는 식물 너머
새로운 표지판을 향해 나아갔어요.

립은 로우를 바라보았어요.
로우도 립을 바라보았어요.
둘은 나가는 길을 제대로 찾고 있다고 생각했어요.
하지만 정원은 또 한 번 모양을 바꾸었지요.

그리고 갑자기,
두 사람 뒤에서 수풀이 버스럭거리면서
나뭇잎이 마구 흔들렸어요.

슬픔의 정원에
온 걸 환영합니다.

진짜 이름은 눈물과 비극, 온갖 절망이 가득한 슬픔의 정원이지만
간판에 글자가 다 들어가지 않네요.

글 릭 페터르스

학교에서 저널리즘을 공부했고 잡지사 에디터로 일했습니다. 지금은 반려동물과 함께 살며 아이들을 위한 이야기를 쓰는 작가로 활동 중이지요. 《잔인한 캠프》, 《호치포치 호텔》, 《산타의 365일》 등을 집필했습니다.

그림 페데리코 판 룬터

예술과 친구들과 가족을 사랑하는 마음으로 그림을 그리는 작가로 모든 것에 아름다움이 있다고 믿습니다. 《잔인한 캠프》, 《호치포치 호텔》, 《산타의 365일》 등에 그림을 그렸어요.

옮김 정신재

한국외국어대학교에서 네덜란드어를 전공하고 네덜란드 레이던 대학교에서 공부했습니다. 번역 에이전시 엔터스코리아에서 네덜란드어 전문 번역가로 활동하며 출판 기획을 하고 있어요. 《나는 날고 있어요》, 《올망졸망 고양이 남매》, 《쓸모 있는 수학만 하겠습니다》, 《이토록 경이로운 숲》 등을 우리말로 옮겼어요.

립 앤 로우

정원사 프릭 네아틀

초판 1쇄 발행 2024년 10월 31일

글 릭 페터르스 | 그림 페데리코 판 룬터 | 옮김 정신재

펴낸이 이명재
편집 정다운 편집실 | **마케팅·제작** 이명재 | **디자인** 선우정

Thanks to 이수지

펴낸곳 바둑이 하우스
출판등록 제406-251002013000037호
주소 경기도 파주시 산남로 132번길 31, 1동 1호
대표전화 031-947-9196 **팩스** 031-948-9196

ISBN 979-11-90557-41-2(74850)
ISBN 979-11-90557-20-7(세트)